Aujourd'hui, Floup fait la lessive.

Il remplit un bac d'eau. Plein d'eau.

Oups ! Peut-être un peu trop…

De quoi a-t-on besoin pour laver ?

Ah oui ! Du savon.
Floup verse le savon dans l'eau.

L'eau mousse. Floup est content !

Il plonge le pantalon dans l'eau savonneuse.
Puis, le chandail.

Les chaussettes aussi veulent prendre leur bain.

Et pourquoi pas le chapeau ?

Et la salopette !

Floup frotte. Il est content.
Il frotte, frotte en sifflotant.

Floup suspend ses vêtements sur la corde à linge pour les faire sécher.

Le chandail. Le pantalon. Le chapeau.

La salopette. Une chaussette.
Mais où est l'autre chaussette ?

Floup se penche pour la chercher au fond
du bac. Il ne la trouve pas.

Il se penche encore un peu plus.
Encore un peu plus...

Plouf ! Floup tombe dans le bac.

Ah ! Floup a trouvé sa chaussette !

Le problème, c'est que maintenant,
Floup est tout mouillé.

Est-ce qu'il devrait se mettre sur la corde,
lui aussi, pour sécher ?

Ouf ! C'est trop fatigant !
Floup a une meilleure idée.

Comme ça, c'est beaucoup plus confortable.

Catalogage avant publication de Bibliothèque et Archives nationales
du Québec et Bibliothèque et Archives Canada

Tremblay, Carole, 1959-

Floup fait la lessive

À partir de 18 mois

ISBN   2-89608-030-9

I. Beshwaty, Steve. II. Titre.

PS8589.R394F562 2006   jC843'.54   C2005-942335-8
PS9589.R394F562 2006

Floup fait la lessive © Carole Tremblay / Steve Beshwaty
Les éditions Imagine inc. 2006
Tous droits réservés
Graphisme: David Design

Dépôt légal : 2006
Bibliothèque nationale du Québec
Bibliothèque nationale du Canada

Les éditions Imagine
4446, boul. Saint-Laurent, 7ᵉ étage
Montréal (Québec) H2W 1Z5
Courriel : info@editionsimagine.com
Site Internet : www.editionsimagine.com

Tous nos livres sont imprimés au Québec
10 9 8 7 6 5 4 3 2 1

Gouvernement du Québec – Programme de crédit d'impôt
pour l'édition de livres – Gestion SODEC.

Nous reconnaissons l'aide financière du gouvernement du Canada
par l'entremise du programme d'aide au développement de l'industrie
de l'édition (PADIÉ) pour nos activités d'édition.

Nous remercions le Conseil des Arts du Canada
de l'aide accordée à notre programme de publication.

Programme d'aide aux entreprises du livre et de l'édition
spécialisée de la SODEC.